CARTA DE UNA DESCONOCIDA

STEFAN ZWEIG

Publicado por

PAGES PLANET PUBLISHING

Correo electrónico: pagesplanetpublishing@gmail.com

Para más información o consultas, contacte con la editorial a través del correo electrónico indicado anteriormente.

Publicado por primera vez por Pages Planet Publishing en 2025

PAGES PLANET PUBLISHING

Cuando el conocido novelista R. regresó a Viena después de una refrescante estancia de tres días en las montañas y compró un periódico en la estación de tren, al echar un vistazo a la fecha se dio cuenta de que hoy era su cumpleaños. El cuadragésimo primero, pensó rápidamente, y esta constatación no le causó ni una buena ni una mala impresión. Examinó rápidamente las páginas susurrantes del periódico y luego condujo un coche alquilado hasta su edificio de apartamentos. El criado le dijo que había habido dos visitas durante su ausencia, así como algunas llamadas telefónicas, y puso las cartas que habían llegado sobre una mesa. Miró casualmente la pila, abrió un par de sobres para los que el nombre del remitente era interesante; Dejó a un lado una carta que tenía una letra desconocida y que era demasiado voluminosa. Mientras tanto, habían traído té; Se recostó cómodamente en su sillón, volvió a hojear el periódico y algunos circulares; Luego encendió un cigarro y tomó la carta que había dejado a un lado.

Tenía unas dos docenas de hojas escritas apresuradamente con una letra de mujer desconocida y desigual, más un manuscrito que una carta. Tanteó maquinalmente el sobre, para ver si se había dejado allí un mensaje que lo acompañaba. Pero el sobre estaba vacío, y en la carta no había la dirección del remitente ni una firma. Extraño, pensó, y volvió a tomar las páginas. "A ti, que nunca me has conocido" estaba en la parte superior, como un saludo, como una firma. Se detuvo un momento, preguntándose: ¿era para él, era para una persona imaginada? Su curiosidad se despertó de repente. Y comenzó a leer:

*

Mi hijo murió ayer, durante tres días y tres noches luché con la Muerte por este pequeño y tierno ser, durante cuarenta horas me he sentado junto a su cama mientras la gripe azotaba su pobre y caliente cuerpo con fiebre. Puse compresas frías en su frente ardiente, sostuve sus manitas inquietas día y noche. A la tercera noche me desmayé. Mis ojos no podían permanecer abiertos por más tiempo, se cerraban sin que yo fuera consciente de ello. Dormí tres o cuatro horas en el duro sillón, y mientras tanto la muerte se lo había llevado. Ahora él está acostado allí, el dulce y pobre niño en su cama de niño, exactamente como estaba cuando murió; Solo sus ojos han sido cerrados, sus inteligentes ojos oscuros, sus manos han sido cruzadas sobre su camisa blanca y cuatro velas están encendidas en las cuatro esquinas de su cama. No me atrevo a apartar la mirada, no me atrevo a moverme, porque cuando las velas parpadean le hacen revolotear la cara y la boca cerrada, y entonces es como si su expresión cambiara, y me imagino que no estaba muerto, que se despertaría de nuevo y con su voz clara me diría algo infantilmente tierno. Pero yo sé que está muerto; Ya no quiero mirar allí para no seguir esperando, para no decepcionarme una vez más. Lo sé, lo sé, mi hijo murió ayer, ahora solo te quedo en todo el mundo, solo tú, el tú que no me conoce, el tú que mientras tanto jugaba o jugaba sin sospechar con las cosas o con la gente. Solo tú, el tú que nunca me conoció y a quien siempre he amado.

He tomado la quinta vela y la he puesto sobre la mesa en la que te escribo. Porque no puedo estar a solas con mi hijo muerto sin gritar desde mi alma, y ¿a quién podría dirigirme en este momento atroz si no a ti, el tú que fue todo para mí y es todo para mí? Tal vez no pueda hablarte con claridad, tal vez no me entiendas: mi cabeza se siente tan embotada, mis sienes duelen y palpitan, mi cuerpo se siente tan dolorido. Creo que tengo fiebre, tal vez incluso ya la gripe que ahora se arrastra de puerta en puerta, y eso sería bueno, porque entonces iría con mi hijo y no tendría que hacerme daño. A veces todo está oscuro ante mis ojos; tal vez no pueda escribir esta carta hasta el final, pero reuniré todas mis fuerzas para hablar contigo por una vez, solo esta vez. Tú, mi amado, el que nunca me ha reconocido.

A ti solo te hablaré, para contártelo todo por primera vez; Deberías saber de toda mi vida, una vida que siempre ha sido tuya y de la que nunca has sabido nada. Pero sólo conocerás mi secreto cuando yo muera, cuando ya no estés obligado a responder, si lo que ahora sacude mi cuerpo con sus escalofríos y sus fiebres es realmente el fin. Si tengo que sobrevivir, romperé esta carta y seguiré callando, como siempre he guardado silencio. Pero si lo tienes en tus manos, entonces sabes que aquí una mujer muerta te contó su vida, su vida que fue tuya desde su primera hasta su última hora de despertar. No tengáis miedo de mis palabras: una mujer muerta no quiere nada más, no quiere ni amor, ni piedad, ni consuelo. Solo quiero esto de ti: que creas todo lo que sobre mí te traiciona el dolor que escapa de mis labios. Cree en todo lo que te digo, eso es todo lo que te pido: uno no miente en la hora de la muerte de su único hijo.

Te revelaré toda mi vida, esta vida que realmente comenzó el día que te conocí. Antes de eso solo fue un período convulso y confuso en el que ya no se ahondan mis recuerdos, un sótano banal lleno de cosas y personas polvorientas y aburridas, cubiertas de telarañas, de las que mi corazón ya no sabe nada. Cuando apareciste yo tenía trece años y vivía en el mismo edificio donde tú vives ahora, en el mismo edificio donde tienes en tus manos esta carta, mi último aliento de vida; Yo vivía en el mismo piso, justo enfrente de la puerta de tu apartamento. Usted, por supuesto, no se acuerda de nosotros, la pobre viuda del contador del gobierno (siempre vivía en sueños) y el niño delgado y a medio crecer, estábamos muy callados, sumidos como estábamos en nuestra penuria pequeñoburguesa, tal vez nunca hayan oído nuestro nombre, porque no teníamos ninguna placa con su nombre delante de nuestra puerta y nadie venía nunca. Nadie preguntó nunca por nosotros. Fue hace tanto tiempo, quince, dieciséis años, no, ciertamente ya no nos recuerdas, mi amado, pero yo, oh, recuerdo cada detalle con pasión, todavía recuerdo como si fuera hoy, no, esta misma hora, cuando oí de ti por primera vez, te vi por primera vez, Y cómo podía ser de otra manera, porque entonces el mundo comenzó para mí. Tolera, amado, mientras te lo cuento todo desde el principio: no te canses de oír hablar de mí durante un cuarto de hora, te lo ruego, yo que no me he cansado de amarte durante toda una vida.

Antes de que te mudaras a nuestro edificio, había personas odiosas, malas y pendencieras viviendo en tu apartamento. Pobres como eran, lo que más odiaban era la pobreza de sus vecinos, nuestra pobreza, ya que no queríamos tener nada que ver con su crudeza agresiva y proletaria. El marido era un borracho que golpeaba a su mujer; A menudo nos despertaba en la noche el ruido de las sillas que se caían y los platos que se rompían; Una vez salió corriendo a las escaleras, golpeada y ensangrentada, con el pelo desgarrado y el hombre borracho justo detrás de ella, hasta que la gente salió y lo amenazó con la policía. Mi madre había evitado desde el principio cualquier contacto con ellos y me prohibió hablar con los niños, que buscaban vengarse de mí en todas las ocasiones. Cuando me encontraron en la calle me pusieron nombres sucios, y una vez me lastimaron tanto con bolas de nieve que me quedé con sangre en la frente. Todo el edificio odiaba a esta gente con un instinto común, y cuando en un momento dado sucedió algo de repente -creo que el hombre había sido encarcelado por robo- y tuvieron que ser desalojados con sus escasas pertenencias, todos respiramos aliviados. Unos días más tarde, el aviso de alquiler se colgó en la entrada principal; Luego lo desmontaron y el dueño de la casa difundió rápidamente la noticia de que un escritor, un soltero tranquilo, se había apoderado del apartamento. Esa fue la primera vez que escuché tu nombre.

Sólo unos días más tarde llegaron pintores, colocadores de papel pintado, pulidores y colocadores de alfombras para limpiar los restos de los ocupantes anteriores: hubo martilleos, golpes, pulidos y raspados, pero mamá estaba bastante satisfecha; Dijo que ahora el negocio sucio de allí finalmente había llegado a su fin. Todavía no te había visto durante el período en que te estabas mudando; Tu sirviente supervisaba a todos esos trabajadores, ese pequeño y serio sirviente de pelo gris que supervisaba todo de una manera fácil y competente. Nos impresionó mucho a todos, en primer lugar porque en nuestro edificio suburbano un criado era algo nuevo, y también porque era extraordinariamente cortés con todos; Sin darse aires con los demás domésticos, les hablaba de manera amistosa.

Trató a mi madre con respeto, como a una dama, desde el principio, e incluso con nosotros los niños siempre fue serio y confiado. Cuando pronunciaba tu nombre, siempre lo hacía con cierta reverencia, con un respeto especial: enseguida te veías que era mucho más devoto de lo que lo habría sido un sirviente ordinario. Y cuánto lo quería a él, al buen viejo Johann, aunque lo envidiaba porque tenía derecho a estar siempre en tu presencia y a servirte.

Te cuento todo esto, amado mío, todas estas cositas, casi ridículas, para que comprendas cómo pudiste haber ganado desde el principio tanto poder sobre el niño tímido y tímido que era. Incluso antes de que entraras en mi vida en persona, ya había un halo a tu alrededor, una esfera de riqueza, singularidad y secreto: todos los que estábamos en el pequeño edificio suburbano (las personas que llevan una vida estrecha siempre sienten curiosidad por algo nuevo justo delante de su puerta) ya estábamos esperando con impaciencia que te mudaras. Y cómo esta curiosidad por ti surgió por primera vez en mí cuando volvía a casa de la escuela una tarde y la furgoneta de la mudanza se detuvo frente a la puerta. La mayoría de los muebles, las piezas más pesadas, ya habían sido transportados; Ahora estaban sacando a relucir algunas de las cosas más pequeñas; Me quedé en la puerta, asombrado de contemplar todos tus objetos que eran tan diferentes de todo lo demás que había visto en mi vida; había dioses indios, esculturas italianas, cuadros de gran tamaño deslumbrantes, y al final llegaron los libros, tantos y tan hermosos, más de lo que jamás había creído posible. Estaban todos amontonados en la puerta, y luego tu criado los recogió uno por uno y los espolvoreó cuidadosamente con un batidor. Por curiosidad me acerqué a la pila que no dejaba de crecer; el criado no me despidió, pero tampoco me animó, así que no me atreví a tocarlos, aunque me hubiera gustado sentir el suave cuero de muchos de ellos. Me limité a mirar tímidamente sus títulos a los lados: había algunos en francés y en inglés, y otros en idiomas que no reconocí. Creo que podría haberlos mirado a todos durante horas: luego mi madre me llamó.

Debí pensar en ti toda esa noche, incluso antes de conocerte. Yo mismo sólo poseía una docena de libros baratos encuadernados en cartón roto, que amaba más que nada y que releía continuamente. Y entonces me pregunté cómo sería el hombre que poseía y había leído todos esos magníficos libros, que conocía todos esos idiomas, que era tan rico y erudito al mismo tiempo. Una especie de veneración de otro mundo estaba ligada en mí a la idea de esos libros tan numerosos. Traté de imaginar cómo era usted: seguramente un anciano con gafas y una larga barba blanca como nuestro profesor de geografía, solo que mucho más agradable, más guapo y más gentil... no sé por qué ya estaba seguro de que debía ser guapo, cuando todavía pensaba en usted como un anciano. Entonces, esa noche, todavía sin conocerte, soñé contigo por primera vez.

Al día siguiente te mudaste, pero a pesar de todo mi espionaje no pude ver tu rostro, lo que no hizo más que aumentar mi curiosidad. Finalmente, al tercer día te vi, y la sorpresa fue aún más abrumadora para mí de que fueras tan diferente, tan completamente desconectado de esa imagen infantil de Dios el Padre. Había soñado con un anciano simpático con gafas y allí estabas tú, tal como sigues siendo hoy, ¡tú que eres tan invariable, que no te afecta el paso de los años! Vestías un encantador traje deportivo de color marrón claro y subías las escaleras con una facilidad incomparable, siempre tomando dos a la vez. Tenías tu sombrero en la mano, así que vi con un asombro indescriptible tu rostro claro y animado con tu mechón de pelo juvenil: realmente, retrocedí asombrado de lo joven, lo guapo, lo ágil y delgado que eras. ¿Y no es extraño que en ese primer segundo percibiera con bastante claridad lo que yo y todos los demás siempre percibimos con una especie de asombro lo que es único en ti: que eres una especie de persona de doble cara: un joven despreocupado, de vida ligera, dedicado al juego y a las aventuras, y al mismo tiempo, a tu manera, un hombre implacable, Hombre serio, concienzudo, infinitamente culto y bien educado, inconscientemente sentí lo que todos perciben en ti, que llevas una doble vida, una vida con un lado abiertamente vuelto hacia el mundo, y otro completamente oscuro que solo tú conoces, sentí esta profunda dualidad, este secreto de tu existencia a los trece años, mágicamente atraído como estaba con mi primera mirada.

¿Comprendéis ahora, amados, qué maravilla, qué misterio tan tentador debéis haber sido para mí, ese niño? ¡Una persona que era respetada porque escribía libros, porque era famoso en ese otro gran mundo, de repente se descubrió que era un joven de veinticinco años, elegante, juvenil y alegre! Tengo que decirte también que desde aquel día en nuestro edificio, en todo mi pobre mundo de niñas, nada me interesaba tanto como tú, que con toda la obstinación, la insistente terquedad de un niño de trece años, sólo me centré en tu vida, en tu existencia. Te observé, observé tus hábitos, observé a las personas que venían a visitarte, y todo eso aumentó en lugar de disminuir mi curiosidad por ti, porque toda la dualidad de tu ser se expresaba en la diversidad de esas visitas. Llegaban jóvenes, camaradas tuyos con los que te reías y estabas animado; estudiantes mal vestidos; y luego otra vez señoras que venían en coche; una vez el director de la Ópera, el gran director de orquesta a quien sólo había visto de lejos en su púlpito; luego otra vez muchachas de escuelas comerciales que revoloteaban tímidamente por la puerta; y sobre todo muchas, muchísimas mujeres. No pensé nada especial en eso, ni me sorprendí al salir una mañana para la escuela cuando vi a una señora toda cubierta por un velo salir de su apartamento: yo tenía solo trece años entonces, y en mi puerilidad aún no sabía que la curiosidad apasionada con la que te espiaba y cuidaba de ti ya era amor.

Pero sé muy bien, amado mío, el día y la hora en que me enamoré de ti por completo y para siempre. Había salido a dar un paseo con un compañero de clase y estábamos parados charlando frente a la puerta. Entonces se acercó un coche, se detuvo, y usted saltó del salpicadero hacia la puerta del edificio con esa actitud impaciente y flexible que tanto me había atraído de usted. Automáticamente quise abrirte la puerta y me interpuse en tu camino tanto que casi chocamos. Me miraste de esa manera tuya cálida, suave, envolvente, que era como un gesto de ternura, me sonreíste, sí, no puedo decirlo de otra manera como: me sonreíste tiernamente y dijiste en un tono bastante bajo y casi confidencial: "Muchas gracias, jovencita".

Eso fue todo, amados, pero a partir de ese segundo, desde que sentí esa mirada suave y tierna sobre mí, fui tuyo. Ciertamente, más tarde supe, poco después, que miras a cada mujer que se cruza en tu camino con esa mirada envolvente y magnética, esa mirada que envuelve y desviste al mismo tiempo, esa mirada de seductora nata que lanzas a cada mujer que se cruza en tu camino, a cada mujer que te atiende en una tienda, en cada criada de salón que te abre la puerta; que esa mirada tuya no es conscientemente voluntaria y curiosa, sino que tu ternura hacia las mujeres tiene inconscientemente un efecto suave y cálido en la forma en que las miras. Pero yo, ese niño de trece años, no lo sentí: estaba como sumergido en el fuego. Pensé que la ternura era sólo para mí, sólo para mí; Y en ese segundo la mujer que había en mí, esa adolescente, se despertó y esa mujer se enamoró de ti para siempre.

"¿Quién era ese?", preguntó mi amigo. No pude responder de inmediato. No podía decir tu nombre: ya en ese, ese segundo único era sagrado para mí, se había convertido en mi secreto. "Ah, solo un hombre que vive en este edificio", tartamudeé torpemente. —¿Pero por qué te sonrojaste así cuando te miró? —bromeó el amigo con toda la maldad de un niño curioso. Y solo porque sentí que al bromear había tocado mi secreto, mis mejillas se pusieron aún más rojas. Me volví vulgar por vergüenza. "¡Maldito ganso!" —dije salvajemente—; Me hubiera gustado estrangularla. Pero ella se rió aún más fuerte y sarcásticamente, hasta que sentí que lágrimas de ira impotente asomaban a mis ojos y la dejé allí parada y corrí escaleras arriba.

A partir de ese segundo te he amado. Lo sé, las mujeres te han dicho eso a menudo, tú que has sido tan mimada. Pero créeme, nadie te ha amado nunca tan servilmente, tan perruno, tan devotamente como ese ser que yo fui y que siempre he sido por ti, porque nada en la tierra es comparable al amor inadvertido de un hijo de las sombras, porque es tan desesperado, tan servil, tan obsequioso, tan vigilante y tan apasionado, Nada como el amor deseante e inconscientemente demandante de una mujer adulta. Sólo los niños solitarios pueden concentrar completamente su pasión; Los demás disipan sus sentimientos en sociabilidad, los suavizan con familiaridades, han oído mucho y leído mucho sobre el amor y saben que es un destino común para todos. Juegan con él como si fuera un juguete, desfilan con él como niños con su primer cigarrillo. Pero no tenía en quien confiar, no tenía a nadie que me aconsejara y me advirtiera, era inexperto e ingenuo: me arrojaba a mi destino como si me precipitara en un abismo. Sólo podía confiarte a ti, mi soñada, todo lo que crecía en mí y se desarrollaba en mí: mi padre había muerto hacía mucho tiempo, mi madre era una extraña para mí con su eterno y sombrío abatimiento y su angustia por ser viuda; las colegialas medio mimadas me repugnaban porque jugaban tan alegremente con lo que para mí era una pasión definitiva, así que lancé todo lo que suele estar parcelado y compartido, lancé hacia ti toda la esencia concentrada y en impaciencia de mí misma. Lo fuiste para mí, ¿cómo puedo expresarlo? Cualquier comparación es demasiado leve: fuiste todo, toda mi vida. Todo existía sólo en la medida en que tenía una relación contigo, todo en mi existencia sólo tenía sentido si estaba relacionado contigo. Transformaste toda mi vida. Hasta entonces indiferente y mediocre en la escuela, de repente me convertí en el mejor de la clase; Leí mil libros hasta altas horas de la noche porque sabía que a ti te encantaban los libros; Para asombro de mi madre, de repente empecé a practicar el piano con bastante terquedad, porque pensaba que amabas la música. Trabajé en mi ropa, cosiéndola y restregándola solo para que te pareciera bonita y limpia, y el hecho de que tuviera una horrible mancha rectangular en el lado izquierdo de mi vieja falda de la escuela (era un vestido de casa cortado de mi madre) me disgustó bastante. Me preocupaba que te dieras cuenta y me despreciaras, así que siempre apretaba mi mochila contra ella cuando subía las escaleras, por miedo a que la vieras. Pero eso era tan estúpido: nunca, casi nunca me volviste a mirar.

Sin embargo, todo el día no hice otra cosa que esperarte y cuidarte. Había una pequeña mirilla de bronce en nuestra puerta a través de la cual uno podía mirar hacia su puerta. Esta mirilla -no, no sonrías, amado, incluso hoy, también hoy mismo no me avergüenzo de esos momentos- mi ojo miraba al mundo; Allí, durante esos meses y años, permanecí tímidamente, receloso de las sospechas de mi madre, en el frío vestíbulo durante toda la tarde, al acecho, con un libro en las manos, tenso como una cuerda, una cuerda que vibraba para señalar tu presencia. Siempre estaba a tu alrededor, siempre tenso y en movimiento, pero no podías sentirlo más que la tensión del resorte del reloj que guardabas en tu bolsillo y que en la oscuridad contaba y medía pacientemente tus horas y te acompañaba por la vida con sus latidos imperceptibles, y que ni una vez en un millón de segundos defraudaba tu mirada apresurada. Lo sabía todo de ti, conocía cada uno de tus hábitos, cada una de tus corbatas, cada uno de tus trajes, conocía y distinguía pronto a tus conocidos y los separaba en los que me gustaban y los que me desagradaban: de los trece a los dieciséis viví cada momento en ti. ¡Oh, qué tontería cometí! Besé el pomo de la puerta que tu mano había tocado, robé una colilla de cigarro que habías tirado a la entrada del edificio, y era sagrada para mí porque tus labios la habían adornado. Cien veces salí corriendo a la calle por la noche con el menor pretexto para ver en cuál de vuestras habitaciones ardía la luz y sentir vuestra presencia, vuestra presencia invisible. Y durante las semanas en las que estabas de viaje —mi corazón siempre vacilaba de angustia cuando veía al buen Johann sacar tu bolsa de viaje—, en esas semanas mi vida estaba muerta y sin sentido. Anduve por ahí enfurecido, taciturno y aburrido, y tenía que tener cuidado de que mi madre no notara la desesperación en mis ojos.

Sé que lo que te estoy diciendo es toda una exageración grotesca, una tontería infantil. Debería avergonzarme de ello, pero no me avergüenzo, porque nunca mi amor por ti fue más puro y apasionado que en esos excesos infantiles. Podría contar durante horas, durante días, cómo viví contigo entonces, tú que apenas conocías mi rostro, porque cuando te encontré en las escaleras y no había forma de evitarlo, por miedo a tu mirada ardiente mantuve la cabeza gacha mientras pasaba a tu lado como quien hubiera saltado al agua para escapar de las llamas. Podría hablarte durante horas y días sobre esos años pasados, podría desplegarte toda la agenda de tu vida entonces; pero no te aburriré, no quiero asustarte. Sólo os contaré el acontecimiento más bonito de mi infancia, y os pido que no sonriáis ante su insignificancia, porque para mí, el niño, fue inmenso. Debía de ser un domingo, estabas de viaje, y tu criado llevaba la pesada alfombra que había estado golpeando fuera a través de la puerta principal abierta del edificio. Al buen hombre le costó mucho llevarlo, y en un arrebato de audacia me acerqué a él y le pregunté si podía ayudarlo. Él estaba asombrado, pero permítanme ayudarlo, y así vi, ¡permítanme decirles con qué veneración respetuosa, incluso devota! el interior de tu apartamento, tu mundo, el escritorio en el que trabajabas y en el que había unas flores en un jarrón de cristal azul, tus armarios, tus cuadros, tus libros. No fue más que una mirada fugaz y robada a tu vida, porque el fiel Johann me detuvo a mirar por más tiempo, pero yo absorbí con esa sola mirada toda la atmósfera, y tuve alimento para mis interminables sueños contigo, despierto y dormido.

Ese momento fugaz fue el más feliz de mi infancia. Quería contártelo para que tú, que no me conoces, puedas por fin empezar a sentir cómo toda una vida pendía de ti y pasó pendiente de ti. Quería hablarles de él, y también de otro momento, el más horrible, que estaba relacionado con el primero. Como ya te he dicho, lo había descuidado todo por tu bien; No le presté más atención a mi madre y no me preocupé por nadie. No me había dado cuenta de que un hombre mayor, un vendedor de Innsbruck que estaba emparentado lejanamente por matrimonio con mi madre, venía a menudo al apartamento y se quedaba allí; Era muy bienvenido, en lo que a mí respectaba, porque a veces llevaba a mamá al teatro y yo podía estar solo y pensar en ti y cuidarte, que era el acto más importante, el más sagrado de mi existencia. Entonces, un día, mi madre me llamó a su habitación con cierta inquietud: quería hablar conmigo en serio. Me puse pálido y pude oír los latidos de mi corazón: ¿había sentido algo, había descubierto algo? Lo primero que pensé fue en ti, el secreto que me unía al mundo. Pero mamá también se sintió avergonzada, me besó (cosa que normalmente nunca hacía) con ternura y luego, de nuevo, me llevó a su lado en el sofá y luego comenzó a explicar vacilante y tímidamente que su pariente, viudo, le había hecho una propuesta de matrimonio que ella había decidido aceptar, principalmente por mi bien. Mi sangre subió ardientemente a mi cabeza, solo un pensamiento surgió en mí, el pensamiento en ti. —¿Pero aún así nos quedaremos aquí? Solo podía tartamudear. —No, vamos a mudarnos a Innsbruck, donde Ferdinand tiene una villa preciosa. No escuché nada más. Todo se volvió negro ante mis ojos. Más tarde supe que había caído inconsciente; Oí a mi madre decir en voz baja a mi padrastro, que había estado esperando detrás de la puerta, y de repente retrocedió con las manos extendidas y luego cayó como un trozo de plomo. Lo que sucedió en los días siguientes cuando yo, un niño indefenso, resistía a su voluntad avasalladora, no puedo describirlo: aún hoy me tiembla la mano cuando pienso en ello, escribiéndote. No podía traicionar mi verdadero secreto, por lo que mi oposición parecía ser pura terquedad, malicia y desafío. Ya nadie me hablaba, todo sucedía a mis espaldas. Aprovecharon el tiempo que estuve en la escuela para proceder a la mudanza: cada vez que volvía a la casa, otro mueble había sido vendido o retirado. Vi cómo se iba desintegrando el apartamento y con él mi vida, y una vez, cuando volví para la comida del mediodía, los encargados de la mudanza habían estado allí y se habían llevado todo. Las maletas llenas estaban en las habitaciones vacías con dos camas de campaña para mi madre y para mí: dormiríamos allí una noche más, la última, y partiríamos para Innsbruck por la mañana.

Aquel último día sentí con súbita decisión que no podía vivir sin estar cerca de ti. No conocí otra salvación que tú. Nunca podré decir cómo pensé eso y si fui capaz de pensar con claridad en ese momento de desesperación, pero de repente -mamá estaba fuera- me levanté con mi uniforme escolar, tal como estaba, y me acerqué a ti. No, no fui: fui impulsado magnéticamente hacia tu puerta con mis piernas rígidas y mi cuerpo tembloroso. Ya te he dicho que no sabía claramente lo que quería: caer a tus pies y pedirte que me mantengas como una doncella, como una esclava, y me temo que sonreirás ante esta inocente fantasía de una quinceañera, pero, amado, ya no sonreirías si supieras cómo me quedé allí en ese frío corredor, congelado por la angustia y, sin embargo, empujado hacia adelante por una fuerza inconcebible, y cómo levanté mi brazo tembloroso que en cierta medida parecía arrancado de mi cuerpo y —era una lucha con la eternidad cada segundo del tiempo— presioné mi dedo en el timbre de la puerta. Todavía hoy resuena en mi oído el sonido estridente de esa campana, y luego el silencio que siguió, cuando mi corazón se detuvo, cuando toda mi sangre se contuvo y esperó a ver si venías.

Pero tú no viniste. Nadie vino. Era obvio que esa tarde estabas fuera y Johann había salido a hacer recados; así que caminé a tientas de regreso a nuestro apartamento vacío y derrumbado con el tono muerto de la campana resonando en mi oído, y me tiré sobre una manta exhausto, tan cansado por los cuatro escalones como si hubiera estado caminando durante horas a través de la nieve profunda. Pero debajo de este cansancio aún ardía la resolución inextinguible de verte, de hablar contigo, antes de que me arrancaran. Te lo juro, no hubo pensamientos sensuales involucrados; Todavía era inocente, incluso cuando no pensaba en nada más que en ti: solo quería verte, verte una vez más, aferrarme a ti. Entonces te esperé toda la noche, toda la larga y horrible noche, amado mío. Apenas mi madre se había acostado en su cama y se había dormido, cuando me deslizé hacia el vestíbulo para poder escucharte cuando regresaras. Esperé toda la noche allí, y era una noche helada de enero. Estaba cansada, me dolía el cuerpo y no quedaban sillas para sentarme, así que me tumbé en el suelo frío bajo la corriente de aire de la puerta.

Mientras yacía en el suelo dolorosamente frío, no tenía más que mis ropas delgadas, porque no tenía manta: no quería estar caliente por miedo a quedarme dormido y perderme de oír tus pasos. Era doloroso, me frotaba constantemente los pies para calentarme, me temblaban los brazos: tenía que levantarme continuamente, hacía mucho frío en la horrible oscuridad. Pero esperé, esperé, por ti, esperé mi destino.

Por fin —debían de ser ya las dos o las tres de la madrugada— oí que se abría la puerta de entrada de abajo y luego unos pasos que subían por las escaleras. De repente ya no sentía frío, el calor me recorría, y silenciosamente abrí la puerta para arrojarme sobre ti, para caer a tus pies... Ah, realmente no sé qué pudo haber hecho ese niño tonto entonces. Los pasos se acercaron, la luz de las velas parpadeó hacia mí. Temblando, me aferré a la manija de la puerta. ¿Eras tú el que subía?

Sí, eras tú, amado, pero no estabas solo. Escuché una risa ligera y delicada, el susurro de un vestido de seda y tu voz suave: volvías a casa con una mujer...

Cómo sobreviví esa noche, no lo sé. A la mañana siguiente, a las ocho, me llevaron a Innsbruck; No me quedaba ninguna fuerza con la que defenderme.

*

Mi hijo murió anoche, ahora estaré sola de nuevo, si realmente tengo que seguir viviendo. Mañana vendrán, forasteros, hombres groseros vestidos de negro con un ataúd, que lo depositarán dentro de él, mi pobre, mi único hijo. Tal vez los amigos también vengan con coronas, pero ¿qué son las flores en un ataúd? Me consolarán y me dirán algunas palabras, palabras, palabras; Pero, ¿cómo puede ayudarme eso? Sé que tendré que volver a estar completamente solo. Y no hay nada más horrible que estar solo en el mundo. Lo supe en esos dos interminables años en Innsbruck, aquellos años del dieciséis al dieciocho, donde viví como un prisionero, un exiliado en medio de mi familia. Mi padrastro, un hombre muy tranquilo y trabajador, se portó bien conmigo; mi madre estaba dispuesta a satisfacer todos mis deseos, como para expiar una injusticia inconsciente, y los jóvenes buscaban mi compañía, pero yo los rechazaba a todos apasionadamente, desafiantemente. No quería vivir feliz y satisfecho aparte de ti; Me enterré en un mundo oscuro de autotormento y soledad. No me puse la ropa nueva y colorida que me compraron, me negué a ir a conciertos o al teatro o a salir de excursión con otros. Apenas salía a la calle: ¿lo creerías, amado mío, que apenas conocía diez calles en ese pueblito donde viví dos años? Estaba de luto y quería llorar, me embriagaba cada nueva privación que añadía a estar privado de verte. Y también: no quería dejarme distraer de mi pasión por vivir solo a través de ti. Me senté solo en la casa durante horas, durante días, sin hacer nada más que pensar en ti, renovando una y otra vez en mi mente mis cien pequeños recuerdos de ti, recordando cada encuentro, cada palabra, reviviendo esos pequeños episodios como en una obra de teatro. Y mientras repetía cada uno de esos segundos pasados innumerables veces, toda mi infancia quedó grabada a fuego en mi memoria, de modo que cada minuto de esos años pasados se sentía tan cálido y lleno de vida como si hubieran sucedido ayer.

Viví entonces sólo a través de ti. Compré todos tus libros; Era un día festivo para mí cuando tu nombre estaba en el periódico. ¿Creerías que me sé de memoria cada línea de tus libros, que los leo tan a menudo? Si me despertara en medio de la noche y me dijeran una sola línea tuya, podría incluso hoy, trece años después, continuar con la cita como si estuviera en un sueño, cada palabra tuya era un texto sagrado para mí. El mundo entero sólo existía en relación contigo: leí sobre los conciertos y las primeras noches en los periódicos vieneses sólo para poder imaginar cuáles te interesarían; y por la noche te acompañé allí desde lejos: ahora entra en la sala de conciertos, ahora está sentado. Soñé con eso mil veces, porque te había visto una vez en una sala de conciertos.

Pero, ¿por qué contar todo esto, todos estos fanatismos enloquecedores, autoinfligidos, tan trágicamente desesperados de un niño abandonado, por qué contárselos a alguien que nunca ha sospechado, que nunca ha conocido? Pero, ¿era yo realmente todavía un niño? Llegué a los dieciséis años, luego a los dieciocho, los jóvenes de la calle empezaron a fijarse en mí, aunque sólo me irritaban. Porque el amor, o incluso el juego del amor en mis pensamientos con alguien que no fueras tú, me resultaba tan incomprensible, tan impensablemente extraño que ser tentado me habría parecido un crimen. Mi pasión por ti seguía siendo la misma, pero era de otra manera con mi cuerpo, con mis sentidos despiertos, ardientes, corporales, femeninos. Y lo que aquella niña con su voluntad embotada e inocente, lo que aquella niña que había pulsado el botón del timbre de tu puerta no podía sentir entonces, era ahora mi único pensamiento: entregarme a ti, entregarme a ti.

La gente a mi alrededor me consideraba tímida y me llamaba tímida, había guardado mi secreto bien escondido. Pero un mal de hierro se desarrolló dentro de mí. Todos mis pensamientos e impulsos se dirigían en una sola dirección: de vuelta a Viena, de vuelta a ti. Y mantuve mis intenciones en secreto, ya que habrían parecido tan irrazonables, tan incomprensibles para los demás. Mi padrastro era acomodado y me trataba como a su propio hijo, pero me resistí amargamente; Quería ganar mi propio dinero y finalmente logré ir a ver a un pariente en Viena como empleado de una gran empresa de ropa.

¿Necesito decirte a dónde me llevaron mis primeros pasos en una noche nublada de otoño cuando, finalmente! ¡finalmente! - vino a Viena ? Dejé mi maleta en la estación, me metí en un tranvía —qué lento parecía que iba, cada parada era una tortura para mí— y corrí hacia su edificio. Mi corazón latía cuando vi la luz brillar desde tus ventanas. Solo ahora estaba viva la ciudad, la ciudad que se había precipitado a mi lado sin sentido, solo ahora vivía de nuevo, ahora que podía sentirte cerca de mí, tú, mi sueño eterno. Ciertamente, no me di cuenta de que, en realidad, habría estado tan lejos de tu conciencia, separado de ti por valles, montañas y ríos, como lo estaba entonces, cuando solo los delgados paneles de vidrio brillante se interponían entre tú y mi mirada escrutadora. Miré hacia arriba una y otra vez: la luz estaba allí, el edificio estaba allí, tú estabas allí, eras todo mi mundo. Había soñado con este momento durante dos años, y ahora me había sido concedido. Me quedé allí toda la noche, suave y nublada, bajo las ventanas hasta que se apagaron las luces. Solo entonces me fui a casa.

Todas las tardes me paraba así frente a su edificio. Trabajaba hasta las 6 de la tarde; era un trabajo duro y agotador, pero me gustaba porque la agitación me permitía sentir un poco menos mi propia agitación. Y de inmediato, tan pronto como las barras de hierro rodaron detrás de mí, me apresuré a mi amado destino. Verte solo una vez, solo cruzarse en tu camino una vez, ese era mi único objetivo: ver tu cara una vez más desde lejos. Luego, después de tal vez una semana, sucedió: te conocí justo cuando no lo esperaba: mientras miraba hacia tu ventana, cruzaste la calle. Y de repente volví a ser el niño, ese niño de trece años; Sentí que la sangre corría por mis mejillas, involuntariamente bajé la cabeza, en contra de mi impulso más íntimo que anhelaba sentir tu mirada, y pasé a tu lado en un instante como en un hechizo. Después me avergoncé de mí misma por este vuelo tímido y de colegiala, porque ahora mi objetivo era claro: tenía muchas ganas de conocerte, te estaba buscando, quería que me conocieras después de todos estos largos años de anhelo, quería que te fijaras en ti, quería ser amado por ti.

Pero no te fijaste en mí durante mucho tiempo, a pesar de que me quedaba en tu calle todas las noches, incluso durante las tormentas de nieve y con el fuerte y cortante viento invernal de Viena. A menudo esperaba durante horas en vano, a menudo finalmente salías del edificio en compañía de conocidos, dos veces también te vi con mujeres, y luego sentí mi edad adulta, sentí lo que era nuevo, lo que era diferente en mis sentimientos hacia ti ante el repentino latido de mi corazón que desgarró mi alma al observar a una mujer extraña tan firmemente tomada del brazo contigo. No me sorprendió, sabía de tus eternas visitantes femeninas desde mi infancia, pero ahora, de alguna manera, eso me dolía físicamente, algo tensado en mí, hostil y al mismo tiempo unido en el anhelo de esa apertura, esa familiaridad física con otra persona. Un día me alejé de su residencia, puerilmente orgulloso como era y tal vez todavía lo he sido; ¡Pero qué horrible fue aquella noche vacía de desafío y rebelión! A la noche siguiente estaba humildemente de pie allí de nuevo esperando frente a su edificio, esperando, esperando, ya que toda mi vida la he pasado de pie frente a su vida inaccesible.

Y por fin, una noche te fijaste en mí. Te había visto venir desde lejos y reuní mi determinación de no evitarte. Por casualidad, la calle había sido estrechada por la descarga de un camión, y tenías que pasar cerca de mí. Instintivamente me miraste distraídamente mientras te cruzabas en mi camino, y de inmediato, cuando tus ojos se encontraron con los míos que te miraban tan atentamente, ¡el recuerdo de ese momento vuelve con tanta fuerza a mí! esa manera tuya de mirar a las mujeres, esa mirada tierna que envuelve que desnuda al mismo tiempo, esa mirada que lo abarca todo a punto de convertirse en un abrazo, esa mirada que despertó al niño que fui a la feminidad y a la vida por primera vez. Por un momento, durante dos segundos, esa mirada se encontró con la mía, que no podía evitarla y no quería, y luego te habías ido. Mi corazón latía: involuntariamente mis pasos debieron haberse ralentizado, y por una curiosidad incontenible me volví y vi que te habías quedado de pie y me mirabas. Y por la forma en que me mirabas con interés y curiosidad, supe de inmediato que no me habías reconocido.

No me habías reconocido, ni entonces, nunca, nunca me has reconocido. ¿Cómo puedo describirte mi engaño en ese instante, amado mío, que fue la primera vez que sufrí por ese destino mío, no ser reconocido por ti, con el que he vivido toda mi vida y con el que moriré, sin ser reconocido, siempre sin ser reconocido por ti? ¡Cómo puedo describirle mi decepción!

Porque durante esos dos años en Innsbruck pensé en ti todo el tiempo y no hice más que imaginar nuestro primer encuentro de nuevo en Viena; allí había imaginado las posibilidades más salvajes y las más dichosas, dependiendo de mi humor. Todo fue, si se me permite decirlo así, soñado a fondo; En los momentos más oscuros me había imaginado que me rechazarías, que me menospreciarías porque era demasiado insignificante, demasiado poco atractivo, demasiado intrusivo. Había revuelto en mi mente todas las variantes de tu desdén, de tu frialdad, de tu indiferencia, pero esto, en los momentos más oscuros de duda, en la conciencia más intensa de mi indignidad, no me había atrevido a considerar esto: que simplemente no te habías dado cuenta de mi existencia. Ahora sí entiendo... ¡ah, me has enseñado a entender! – que el rostro de una muchacha, de una mujer, debe ser algo extremadamente cambiante para un hombre, porque la mayor parte del tiempo es sólo un espejo, pronto una pasión, pronto una puerilidad, pronto algo fastidioso, y tan fácil de eliminar como una imagen en el espejo; que así un hombre puede olvidar más fácilmente el rostro de una mujer, porque la edad varía con las sombras y la luz, porque los vestidos varían la forma de un momento a otro. Aquellos que se resignan a eso son sin duda los más sabios. Pero yo, la joven del pasado, no podía entender tu olvido; a causa de mi inmoderada e incesante concentración en ti, me había imaginado que tú también debías haber pensado en mí a menudo y haberme estado esperando; ¡Cómo podría haber sido capaz de respirar sabiendo que no era nada para ti, que ningún recuerdo de mí se había agitado en ti! Y este despertar de tu mirada me mostró que nada en ti sabía de mí, que ni un hilo de memoria se extendía de ti a mí; Esa fue una primera sacudida a la realidad, una primera indicación de mi destino.

No me reconociste entonces. Y dos días después, cuando tu mirada me envolvió con cierta familiaridad en nuestro próximo encuentro, de nuevo no reconociste en mí a la que te amaba y a la que habías despertado, solo a una atractiva chica de dieciocho años con la que te habías cruzado en el mismo lugar dos días antes. Me miraste de manera amistosa y sorprendida y una leve sonrisa se dibujó en tu boca. Volviste a pasar junto a mí, y de nuevo enseguida aminoraste el paso: temblaba, me alegraba, rezaba para que me hablaras. Sentí que por primera vez existía para ti; Yo también aminoré mis pasos y no me aparté de ti. Y de repente te sentí detrás de mí; sin darme la vuelta, supe que ahora, por primera vez, escucharía tu amada voz hablándome. Mientras esperaba, me sentí paralizado; ya pensé que tendría que dejar de caminar, mi corazón latía tanto, entonces estabas a mi lado. Me hablaste de tu manera ligera y relajada, como si hubiéramos sido amigos durante mucho tiempo: ah, no sentiste quién era yo en absoluto, ¡nunca has sentido nada de mi vida! – me hablaste de una manera tan mágicamente sencilla que incluso pude responderte. Caminamos juntos por toda la calle. Luego me preguntaste si podíamos cenar juntos. Le dije que sí. ¿Qué podría haberme atrevido a negarte?

Comimos juntos en un pequeño restaurante, ¿todavía recuerdas dónde estaba? Oh, no, ciertamente ya no puedes distinguir esa noche de otras noches similares, porque ¿quién era yo para ti? Uno entre cientos, una aventura en una cadena que se extiende eternamente. ¿Qué recordabas de mí?: hablaba poco porque estaba inmensamente feliz de tenerte cerca de mí, de oírte hablarme. No quería estropear ningún instante de ese momento con una pregunta, con una palabra tonta. Nunca olvidaría estar agradecido por ese momento, por cómo correspondiste completamente a mi apasionada veneración, por qué tierno, qué sencillo, qué discreto fuiste, sin ninguna insistencia, sin todas esas pequeñas palabras apresuradamente acariciadoras; y desde el primer instante me fuiste de una familiaridad tan amistosa, que también me hubieras conquistado, si no hubiera sido ya tuyo mucho tiempo con toda mi voluntad y ser. ¡Oh, ciertamente no te das cuenta de la enorme satisfacción que fue para mí que mis cinco años de expectativas infantiles no se hubieran visto defraudadas! Se hizo tarde y terminamos nuestra cena. En la puerta del restaurante me preguntaste si tenía prisa o aún tenía tiempo. ¿Cómo pude evitar decirte que estaba listo para ti? Te dije que aún tenía tiempo.

Entonces me preguntaste, superando una ligera vacilación, si no quería ir a tu apartamento a charlar un rato más. "De buena gana", respondí impulsivamente y de inmediato me di cuenta de que, o bien estaba algo dolido por la rapidez con la que accedí a ir o simplemente estaba feliz por ello, en cualquier caso que evidentemente estaba sorprendido. Hoy comprendo perfectamente tu sorpresa: sé que normalmente, incluso cuando su deseo de ceder es ardiente, las mujeres ocultan su voluntad con pretextos de indignación y conmoción que solo pueden superarse con mentiras, votos y promesas. Sé que tal vez solo las profesionales del amor, las prostitutas, aceptan esas invitaciones de una manera tan voluntaria, o bastante ingenuas, bastante adultas. Para mí, sin embargo, fue -y cómo se podría haberlo imaginado- literalmente la voluntad, el anhelo reprimido de mil días diferentes. Pero, en cualquier caso, usted quedó impresionado; Empecé a interesarte. Sentí que mientras íbamos en el camino me estabas evaluando desde un lado mientras hablábamos. Tus percepciones, esas percepciones tan mágicamente seguras sobre las personas, encendieron algo inusual allí, un secreto en esta chica bonita y accesible. Tu curiosidad se había despertado, y me di cuenta, por la naturaleza indirecta e inquisitiva de tus preguntas, de cómo estabas husmeando en busca del secreto. Pero los evadí: preferí parecer tonto antes que traicionarte mi secreto.

Subimos a tu apartamento. Permíteme, amado, decirte que no puedes entender lo que ese pasadizo, esas escaleras eran para mí, qué vértigo, qué confusión, qué felicidad furiosa, molesta, casi mortal eran para mí. Incluso hoy no puedo pensar en ello sin lágrimas en los ojos, y no me queda ninguna. Pero trata de imaginar que todos los objetos estaban igualmente penetrados por mi pasión, cada uno un símbolo de mi infancia, de mi anhelo: la puerta principal, donde te había esperado mil veces; las escaleras en las que siempre escuché tus pasos y donde te vi por primera vez; la mirilla, a través de la cual mi alma te espiaba; la estera sobre la que una vez me arrodillé frente a tu puerta; el ruido de la llave en la cerradura que siempre me hacía saltar de mi puesto de vigilancia.

Toda mi infancia, toda mi pasión, estaban anidadas allí, en esos pocos metros cuadrados, aquí estaba toda mi vida, y ahora sentía, cayendo sobre mí como una tormenta, que todo, simplemente todo se estaba haciendo realidad y que yo iba contigo, yo contigo, en tu, en nuestro edificio. Piénsenlo -ciertamente suena banal, pero no puedo decirlo de otra manera- que hasta la puerta de su casa todo había sido realidad, el aburrido mundo cotidiano que ha estado allí durante toda una vida; y allí comenzó el reino mágico del niño, el reino de Aladino; ¡Piensa que yo había mirado mil veces con ojos ardientes esta puerta que ahora atravesaba con pasos vacilantes, y tú sentirías, pero sólo sentirías, nunca lo sabrás del todo, mi amado! – hasta qué punto toda mi vida estaba contenida en ese momento abrumador.

Me quedé toda la noche contigo. No habías sentido que antes ningún hombre me había tocado, que hasta entonces nadie había sentido el mío ni lo había visto. Pero, ¿cómo habrías podido intuir que, porque no ofrecía resistencia, reprimía todas las vacilaciones vergonzosas para no traicionarte el secreto de mi vida, lo que sin duda te habría escandalizado, porque amas sólo el lado luminoso de la vida, el juguetón, el frívolo; Tenías miedo de involucrarte en un destino. Quieres prodigarte a ti mismo, a ti mismo, a todo, al mundo, y no quieres ningún sacrificio. Cuando os digo ahora, amados, que os entregué mi virginidad, os suplico: ¡no me malinterpretéis! No me quejo contigo, no me has seducido, no me has mentido, no me has seducido, solo yo me he empujado sobre ti, me he arrojado sobre tu pecho, me has arrojado a mi destino. ¡Nunca, nunca me quejaré contigo, no, solo siempre gracias, por lo rica que fue esa noche para mí, por cómo brillaba de placer, por cómo flotaba en la dicha! Cuando abrí los ojos en la oscuridad y te sentí a mi lado, me maravillé de que no hubiera estrellas sobre mí, sentí con tanta fuerza la presencia del cielo, no, nunca me he arrepentido, amada mía, nunca me han molestado esas horas. También sé que mientras dormías, mientras escuchaba tu respiración, sentía tu cuerpo y el mío tan cerca, que entonces lloraba en la oscuridad de felicidad.

A la mañana siguiente salí temprano. Tenía que estar en mi trabajo y también quería ir antes de que llegara tu sirviente; No quería que me viera. Mientras estaba vestido ante ti, me tomaste en tus brazos, me miraste durante mucho tiempo, ¿era un recuerdo, oscuro y lejano, que surgía en ti, o solo parecía bonita y feliz, lo que era? Luego me besaste en la boca. Me solté suavemente y quise irme. Usted preguntó: "¿No llevaría usted algunas flores con usted?" Le dije que sí. Sacaste cuatro rosas blancas del jarrón de cristal azul que había sobre el escritorio (oh, lo reconocí por esa mirada robada de mi infancia) y me las diste. Los besé durante días y días.

Habíamos acordado volver a vernos otra noche. Llegué y de nuevo fue maravilloso. Me concediste una tercera noche. Luego me dijiste que tenías que irte de viaje... ¡oh, cómo he odiado esos viajes desde mi infancia! – y prometió ponerse en contacto conmigo tan pronto como regresaras. Te di mi dirección de buzón, no quise decirte mi nombre. Me volviste a regalar unas rosas al irte, al irte.

Todos los días, durante dos meses, me pregunté... pero no, ¿cómo puedo describirte el tormento infernal de esa espera, de esa desesperación? No te quejo, te amo como el hombre que eres, cálido y olvidadizo, generoso y falso; Te quiero así, solo así, como siempre has sido y como sigues siendo. Hacía mucho tiempo que habías vuelto, lo sabía por la luz de tu ventana, y no me habías escrito. No he tenido una línea tuya en mis últimas horas, ni una línea tuya a quien he dado mi vida. Esperé, esperé con desesperación. Pero no me llamaste, no me escribiste una línea... ni una línea. . .

*

Mi hijo murió ayer, también era su hijo. Era tu hijo, amado mío, el hijo de esas tres noches, te lo juro, y no se miente en la sombra de la muerte. Era nuestro hijo, te lo juro, porque ningún hombre me había tocado desde aquellos momentos en que me entregué a ti hasta que ese otro ser fue arrancado de mi cuerpo. Me apreciaba a mí misma por el hecho de que me hubieras tocado: ¿cómo podría haberme compartido contigo, que lo era todo para mí, y luego con otros que simplemente acariciarían mi cuerpo casualmente? Era nuestro hijo, mi amada, el hijo de mi amor consciente y de tu ternura despreocupada, derrochadora, casi inconsciente; nuestro hijo, nuestro hijo, nuestro único hijo. Pero, ahora estás preguntando, tal vez conmocionado, tal vez simplemente asombrado, ahora estás preguntando, amado, por qué he guardado silencio sobre este niño todos estos largos años, por qué solo te hablo de él ahora cuando está durmiendo aquí en la oscuridad, durmiendo para siempre, acostado allí, a punto de ser llevado para no volver jamás. ¡Nunca más! Pero, ¿qué podría haberte dicho? Nunca me hubieras creído a mí, a esa desconocida, a esa compañera de tres noches demasiado dispuesta, que se había entregado a ti sin resistencia, apasionadamente, nunca hubieras creído que esa mujer anónima de un encuentro fugaz te hubiera sido fiel. A ti, a tu infidelidad, ¡nunca habrías aceptado completamente al niño como si fuera tuyo! Nunca habrías podido, aunque yo hubiera parecido creíble, evitar la secreta sospecha de que estaba tratando de endilgarte a ti, un hombre rico, el hijo de otro. Habrías sospechado de mí, habría quedado una sombra, una sombra reprimida de desconfianza entre tú y yo. Yo no quería eso. Y luego, te conozco: te conozco tan bien como tú te conoces a ti mismo, sé lo doloroso que habría sido para ti, el tú despreocupado, el tú alegre, que jugabas tan juguetonamente con el amor, de repente convertirte en padre, de repente convertirte en responsable de un destino. Tú, que sólo puedes respirar en la atmósfera de la libertad, te habrías sentido de alguna manera encadenado a mí. Me habrías odiado —sí, sé que lo habrías hecho, en contra de tu propia voluntad consciente— por estar atado de esa manera. Tal vez solo por un tiempo, tal vez solo por momentos fugaces, me habría convertido en una carga para ti, me habría vuelto odioso para ti, pero en mi orgullo quería que pensaras alegremente en mí toda tu vida. Prefería tomarlo todo sobre mí antes que convertirme en una carga para ti, y ser la única de todas tus mujeres en la que siempre pensaste con amor y gratitud. Pero de hecho, nunca has pensado en mí, me has olvidado.

No me estoy quejando ante ti, mi amado, no, no me estoy quejando hacia ti. Perdóname si a veces una gota de amargura fluye de mi pluma, perdóname por eso: mi hijo, nuestro hijo yace allí muerto bajo las velas parpadeantes; He apretado mi puño contra Dios y lo he acusado de asesinato, mis sentidos están turbados y confusos. ¡Perdóname la queja, perdóname! Sé que eres bueno y servicial en lo más profundo de tu corazón, ayudas a todos, incluso ayudas a completos extraños que te piden ayuda. Pero tu bondad es tan especial, está abiertamente ahí para todos los que pueden tomarla con ambas manos, tu bondad es grande, infinitamente grande, pero es, perdóname, es indolente. Necesita ser exhortado, necesita ser comprendido. Ayudas cuando uno te llama, cuando uno pide ayuda, ayudas por vergüenza, por debilidad y no por la bondad de tu corazón. Ustedes no prefieren –permítanme decírselo abiertamente– a las personas necesitadas y angustiadas a las que son tan afortunadas como usted. Y a los que son como tú, incluso a los mejores, a la gente le resulta difícil pedir ayuda. Una vez, cuando todavía era un niño, vi a través de la mirilla cómo le diste algo a un mendigo que había tocado el timbre de tu puerta. Se lo diste enseguida, mucho, incluso antes de que lo pidiera, pero le tendiste la mano con cierto miedo y prisa para que simplemente pudiera irse; Era como si tuvieras miedo de mirarlo a los ojos. Nunca he olvidado esa forma inquieta y tímida tuya de evitar, gracias por tu ayuda. Y es por eso que nunca he acudido a ti en busca de ayuda. Ciertamente, sé que entonces habrías estado a mi lado incluso sin la certeza de que era tu hijo, me habrías consolado, me habrías dado dinero, mucho dinero, pero siempre solo con la secreta impaciencia de librarme de la molestia; Creo que incluso me habrías hablado de deshacerte del niño. Y yo tenía miedo de eso sobre todo: ¿qué no iba a hacer yo que tú deseabas, cómo iba a negarte algo? Pero este niño lo era todo para mí, ciertamente era de ti, era otro tú, pero ahora ya no eras tú, el hombre feliz y despreocupado al que no podía ocultarle nada, sino tú que me habías sido dado para siempre -como yo pensaba- aprisionado en mi cuerpo, integrado en mi vida. Ahora te había capturado definitivamente, podía sentir tu vida crecer en mi cuerpo, podía alimentarte, podía nutrirte, podía abrazarte y besarte cuando mi alma te anhelaba. ¿Ves, amado, por qué me alegré tanto cuando supe que tenía un hijo tuyo que te oculté, porque ahora ya no podías huir de mí?

Sinceramente, amados, aquellos meses no fueron tan dichosos como me había imaginado que serían; También fueron meses de terror y tormento, llenos de repugnancia por la bajeza de la gente. No fue fácil para mí. Ya no pude ir a trabajar durante los últimos meses, para que mi condición no se hiciera evidente para mis familiares, quienes habrían enviado informes de ello a mi familia. No quería pedirle dinero a mi madre, así que me las arreglé con la venta de las pocas joyas que poseí hasta el momento de nacer. Una semana antes una lavadora me robó las últimas coronas de mi armario, así que tuve que ir a la clínica de maternidad. Allí, donde solo iban los completamente pobres, donde los rechazados y los olvidados se arrastraban en su angustia, allí, en medio de ese pozo de miseria, nació tu hijo. Allí era horrible; Todo era extraño, extranjero, éramos extraños el uno para el otro, porque yacíamos allí, solos y llenos de odio el uno por el otro, solo por nuestra miseria, por el mismo tormento que sufrimos, hacinados en esa habitación estrecha, sin aire, llena de cloroformo y sangre, de gritos y gemidos. Allí sufrí el envilecimiento, la ignominia espiritual y física que acompaña a la pobreza y, junto con las prostitutas y los enfermos cuyo destino común compartíamos todos allí, el cinismo de los jóvenes médicos que con una sonrisa irónica arrancaban las sábanas de las mujeres indefensas y las manoseaban con gestos falsamente científicos, Y de la codicia de los asistentes, ah, allí la vergüenza de una persona fue crucificada con miradas y flagelada con palabras. La placa con el nombre de uno era todo lo que había de ti mismo, ya que lo que yacía en la cama no era más que un trozo de carne retorcido, tocado por los curiosos, un objeto de exposición y examen... ah, las mujeres cuyo marido espera tiernamente que den a luz en casa no saben lo que es dar a luz así en la mesa de operaciones, ¡Solo e indefenso! Y cuando hoy leo en un libro la palabra "infierno", de repente pienso involuntariamente en esa habitación abarrotada, lúgubre, llena de gemidos, llantos, sangre y gritos en la que sufrí, en ese matadero de la vergüenza.

Perdóname, perdóname por haber hablado de eso. Pero solo esta vez hablo de ello, nunca más, nunca más. Durante once años he permanecido en silencio y pronto estaré completamente en silencio por toda la eternidad: solo tuve que llorar, gritar una sola vez lo caro que pagué por este niño que fue mi dicha y que ahora yace allí sin vida. Ya las había olvidado, aquellas horas, hacía mucho tiempo que las había olvidado en la sonrisa, en la voz del niño, en mi felicidad; pero ahora que ha muerto, el tormento ha vuelto a la vida, y tengo que gritar de mi alma esta vez, esta única vez. Pero no me quejo de ti, solo de Dios, solo de Dios, que hizo que ese tormento no tuviera sentido. No me quejo de ti, te lo juro, y nunca me he levantado con ira contra ti. Incluso aquella vez, cuando mi cuerpo estaba atormentado por el dolor, cuando mi cuerpo ardía de vergüenza bajo los dedos a tientas de los estudiantes, incluso en el instante en que el dolor desgarraba mi alma, no me quejé de ti ante Dios; nunca me he arrepentido de esas noches, nunca he maldecido mi amor por ti, siempre te he amado, siempre he bendecido el momento en que me conociste por primera vez. Y si tuviera que volver a pasar por el infierno de aquellas horas y supiera de antemano lo que me esperaba, lo volvería a hacer, amada mía, una vez más y mil veces más.

*

Nuestro hijo murió ayer, nunca lo conociste. Nunca, ni siquiera en un fugaz encuentro casual, tu mirada tocó a este pequeño ser floreciente, tu ser. Me mantuve alejado de ti durante mucho tiempo después de tener a este hijo; mi anhelo por ti se había vuelto menos doloroso, incluso creo que te amaba menos apasionadamente o al menos lo sufrí menos desde que me lo habían enviado. No quería que me dividieran entre él y tú; así que no me entregué a ti, la feliz que vivía en otra parte, sino al niño que me necesitaba, que tenía que alimentar, que podía besar y tener en mis brazos. Parecía rescatado de mi constante estado de inquietud por ti, mi destino, salvado por este otro tú, que era realmente mío: rara vez más, muy raramente mis sentimientos me llevaban humildemente de regreso a tu edificio. Solo hice una cosa: siempre te envié un ramo de rosas blancas en tu cumpleaños, exactamente igual a las que me regalaste esa vez después de nuestra primera noche de amor. ¿Alguna vez te has preguntado en esos diez, en esos once años, quién había enviado esas rosas? ¿Te acordaste alguna vez de aquella a la que una vez le regalaste rosas así? No sé la respuesta y nunca la sabré. Solo para acercarme a ti desde la oscuridad, una vez al año para dejar que florezca el recuerdo de ese momento, eso fue suficiente para mí.

Nunca conociste a nuestro pobre hijo, hoy me culpo por haberlo ocultado de ti, porque lo hubieras amado. Nunca lo conociste, el pobre muchacho, nunca lo viste sonreír cuando abría suavemente los párpados y luego con sus inteligentes ojos oscuros, ¡tus ojos! – arroja una luz clara y feliz sobre mí, sobre el mundo entero. Ah, era tan alegre, tan adorable; Toda la delicadeza de tu ser se renovó en este niño, tu fantasía rápida y activa se renovó en él: podía jugar intensamente durante horas con las cosas como tú juegas con la vida, y luego, serio de nuevo, sentarse con los ojos bien abiertos a sus libros. Poco a poco se convirtió cada vez más en ti; ya empezó a manifestar esa dualidad de seriedad y alegría que te es característica; comenzó a desarrollarse visiblemente, y cuanto más se parecía a ti, más lo amaba. Aprendió rápido, charlaba en francés como una urraca, sus cuadernos eran los mejores de la clase, y con eso, ¡qué guapo era, qué elegante con su traje de terciopelo negro o la chaqueta blanca de marinero! Siempre era el más elegante de todos dondequiera que iba; cuando paseaba con él por la playa de Grado, las mujeres se levantaban para acariciar su larga cabellera rubia; cuando fue a patinar en el Semmering, la gente se volvió para mirarlo con admiración. Era tan encantador, tan tierno, tan servicial: cuando entró en el Instituto Theresianum el año pasado, vestía su uniforme con su pequeña espada como un paje del siglo XVIII; ahora el pobre niño que yace allí con los labios pálidos y las manos cruzadas no tiene nada puesto más que su camisita.

Pero tal vez te estés preguntando cómo el niño pudo haber sido criado en tal lujo, cómo pude haberme las arreglado para darle esa vida fácil y despreocupada del mundo superior. Mi amor, te hablo desde la oscuridad, no tengo vergüenza, te lo diré, pero no te escandalices, mi amado, me vendí a mí mismo. No era exactamente lo que se llama una chica de la calle, una prostituta, pero me vendí a mí misma. Tenía amigos ricos, amantes ricos; primero los busqué, luego ellos me buscaron a mí, porque yo era... ¿te diste cuenta? –muy hermoso. Cada uno de aquellos a quienes me entregué se encariñó conmigo, todos me estaban agradecidos, todos estaban apegados a mí, todos me amaban, todos menos tú, ¡solo que no tú, mi amado!

¿Me desprecias ahora, porque he revelado que me vendí a mí mismo? No, sé que no me desprecias, sé que entiendes todo y también entenderás que solo lo hice por ti, por tu otro tú, por tu hijo. Una vez que me sumergí en el horror de la pobreza en el quirófano de aquella maternidad, supe que en este mundo los pobres son siempre los oprimidos, los envilecidos, las víctimas; y no quería a ningún precio que mi hija, tu brillante y hermosa hija, fuera criada allí abajo en la escoria, en la humedad, en la vulgaridad de la calle, en el aire viciado de las habitaciones traseras. Su tierna boca nunca debe conocer el lenguaje de la alcantarilla, su cuerpo blanco la ropa mohosa y arrugada de los pobres: tu hijo debe tenerlo todo, todas las riquezas, todas las facilidades de la tierra, debe crecer como tú de nuevo, en tu esfera de vida.

Por eso, solo por eso, me vendí a mí mismo, mi amado. No fue un sacrificio para mí, porque lo que la gente suele entender por honor y vergüenza era inexistente para mí: no me amabas, tú, el único a quien pertenecía mi cuerpo, así que me era indiferente lo que le sucediera a mi cuerpo. Las caricias de los hombres, incluso su pasión más íntima, no me afectaban en el fondo, aunque tenía que tener cuidado con muchos de ellos y mi compasión con su amor no correspondido a menudo me afectaba a causa de mi propio destino. Todos aquellos que sabía que eran buenos conmigo, todos me mimaban, todos me prestaban mucha atención. Había sobre todo uno, un conde mayor, viudo, noble, el que movió cielo y tierra para que el huérfano de padre, tu hijo, fuera a la escuela Theresianum, me quería como a una hija. Me propuso matrimonio tres veces, cuatro veces... Podría haberme convertido en condesa, dueña de un maravilloso castillo en el Tirol, podría haber sido sin preocupaciones, porque su hijo habría tenido un padre tierno que lo adoraba y yo habría tenido a mi lado a un hombre tranquilo, distinguido y bueno. cuántas veces insistía, por mucho que yo lo hiriera con mis negativas. Tal vez fue una tontería, porque entonces habría vivido tranquilo y seguro, y este amado niño conmigo, pero -¿por qué no iba a confesártelo?- no quería comprometerme, quería ser libre para ti en cualquier momento. En el fondo de la inconsciencia de mi ser, seguía viviendo el viejo sueño de mi infancia, de que tal vez me llamaras una vez más a ti, aunque sólo fuera por una hora. Y durante esa hora posible tiré todo a la basura, solo para estar disponible en tu primera llamada. ¿Qué otra cosa había sido toda mi vida desde que desperté de la infancia, sino esperar, esperar tus deseos?

Y ese momento realmente sucedió. ¡Pero tú no lo sabes, no lo sospechas, mi amada! Incluso entonces no me reconociste, ¡nunca, nunca me has reconocido! A menudo te había encontrado en el teatro, en los conciertos, en el Prater, en la calle, cada vez que mi corazón daba un salto, pero tú mirabas más allá de mí: ciertamente yo era exteriormente una persona completamente diferente, la niña tímida se había convertido en una mujer, se decía que era encantadora, vestida de manera costosa, rodeada de admiradores: ¿cómo habrías podido detectar en mí a esa doncella tímida en la penumbra de tu dormitorio? A veces uno de los hombres que me acompañaba te saludaba, tú respondías y me mirabas; Pero tu mirada era de cortés distanciamiento, reconociendo pero nunca reconociendo lo externo, horriblemente externo. Una vez, todavía lo recuerdo, esa falta de reconocimiento, a la que ya estaba acostumbrado, se convirtió en un tormento ardiente: yo estaba sentado en una cabaña de la Ópera con un amigo y tú estabas en la cabaña vecina. Las luces se apagaron en la obertura, ya no pude ver tu rostro, pero sentí tu aliento tan cerca de mí como en esa noche, y tu mano, tu mano fina y tierna, yacía en la barandilla de terciopelo entre nuestras cabañas. Y finalmente me invadió el impulso de inclinarme y besar humildemente esa mano amada cuyas tiernas caricias había sentido una vez. La música conmovedora se apoderó de mí, el impulso se volvió cada vez más apasionado, tuve que inclinarme con un calambre, para agarrarme con todas mis fuerzas, con tanta fuerza ejercía su mano su atracción en mis labios. Después del primer acto le pedí a mi amigo que me llevara. Ya no podía soportar tenerte tan cerca de mí en la oscuridad, tan lejos y tan cerca.

Pero llegó el momento, llegó una vez más, por última vez en mi vida destrozada. Hace casi exactamente un año sucedió, el día después de tu cumpleaños. Es extraño: había estado pensando en ti durante horas, porque tus cumpleaños siempre eran una ocasión especial para mí. Temprano en la mañana de tu cumpleaños había salido a comprar las rosas blancas que te envío todos los años en recuerdo de un momento que habías olvidado. Por la tarde salía con el muchacho, lo llevaba a la pastelería de Demel y luego por la noche al teatro; Quería que este fuera un día especial para él también, un día enigmático de celebración, sin conocer todo su significado. Pasé el día siguiente con mi último amigo, un joven y rico fabricante de Brünn con el quc había vivido durante dos años, que me adoraba y deseaba casarse conmigo tanto como con el otro y a quien yo había rechazado de la misma manera incomprensible, a pesar de que nos colmaba de regalos a mí y al muchacho y él mismo era muy simpático en su forma algo aburrida. manera servil. Fuimos juntos a un concierto donde nos encontramos con un animado grupo de conocidos, cenamos en un restaurante del Ring, y allí, entre risas y charlas, propuse salir al Tabarin, un salón de baile. Normalmente no me gustaba ese lugar con su alegría sistemática y alcoholera tan típica de los clubes nocturnos, y por lo general me oponía a tales propuestas, pero esta vez -era como si un poder mágico incomprensible en mí hubiera lanzado de repente inconscientemente la propuesta en medio de ese alegre grupo- de repente había tenido un impulso inexplicable como si algo especial me estuviera esperando allí. Acostumbrados a dejarme hacer lo que quiero, todos se levantaron rápidamente y fuimos allí, bebimos champaña y, de repente, una alegría furiosa, casi dolorosa, se apoderó de mí como nunca antes había conocido. Bebía y bebía, cantaba canciones tontas con ellos y quería bailar y estar alegre. Pero de repente -era como si algo frío o algo ardiente hubiera descendido bruscamente sobre mi corazón- me sentí abrumado: estabas sentado en la mesa de al lado con unos amigos y me mirabas de manera admirativa y deseante, con esa mirada que siempre había creado en mí una confusión interior. Por primera vez en diez años volviste a mirarme con todo el poder inconsciente y apasionado de tu ser. Temblaba. Estuve a punto de dejar caer el vaso que tenía en la mano. Afortunadamente, ninguno de mis compañeros de mesa se dio cuenta de mi confusión: se perdieron en el estruendo de las risas y la música.

Tu mirada se volvió cada vez más insistente y me incendió por completo. No sabía si me habías reconocido, por fin, o si me deseabas de nuevo, como a otro, como a un extraño. La sangre voló por mis mejillas, respondí distraído a mis compañeros de mesa; habrás notado lo confundido que me puse porque me miraste. Me hiciste una seña con la cabeza, imperceptible para los demás, para que saliera un momento a la entrada. Entonces pagaste ostentosamente la cuenta, te despediste de tus amigos y saliste, no sin antes haberme hecho una nueva seña de que me esperarías allá fuera. Temblaba como en una helada, como en una fiebre, no podía hablar más ni dominar la sangre que se precipitaba hacia mi cara. Por casualidad, en ese momento un par de bailarines negros comenzaron un nuevo número notable con tacones tintineantes y gritos estridentes; todo el mundo los miraba y yo aproveché esos segundos. Me levanté, les dije a mis amigos que volvería de inmediato y salí a verte.

Estabas allí en el vestíbulo, esperándome: tu mirada era cálida cuando llegué. Corriste hacia mí, sonriendo; Enseguida vi que no me reconocías, ni al niño de hace mucho tiempo ni a la joven, una vez más te acercaste a mí como a alguien nuevo, a un extraño. «¿Puedo verte algún tiempo?», me preguntaste familiarmente. Supe por la seguridad de tus modales que me tomabas por una de esas mujeres que se pueden comprar para una noche. Le respondí "Sí", el mismo "Sí" vacilante y evidentemente dispuesto que la joven te había dicho más de una década antes en esa calle poco iluminada. "¿Y cuándo nos podemos ver?", preguntaste. "Cuando quieras", le respondí, no tenía vergüenza frente a ti. Me miraste con cierta sorpresa, la misma sorpresa desconfiada y curiosa que la otra vez, cuando te había sorprendido de manera similar al responder tan rápidamente. "¿Puedes venir ahora?", preguntaste, dudando un poco. "Sí", le dije, "vamos".

Quería ir al armario a buscar mi abrigo.

Entonces recordé que mi amiga tenía el ticket de armario para todos los abrigos de nuestro grupo. Volver atrás y pedírselo sin explicación hubiera sido imposible; por otro lado, no quería renunciar a estar contigo, un momento que había anhelado durante tantos años. Así que, sin dudarlo un segundo, me puse el chal sobre el vestido de noche y salí a la noche húmeda y brumosa sin preocuparme por mi abrigo, sin preocuparme por mi buen y tierno amigo con el que había vivido durante años, de quien estaba haciendo objeto de burla para sus amigos, un hombre cuya amante de varios años lo había abandonado por capricho por un extraño. Oh, era consciente de la bajeza, de la ingratitud, de la vergüenza de lo que le estaba haciendo a un honorable amigo, me sentía intensamente consciente de que me estaba comportando de manera ridícula y estaba lastimando terriblemente para siempre a un buen hombre con mis delirios, que estaba destrozando mi vida, pero ¿qué era la amistad para mí, qué era mi existencia contra la impaciencia de volver a sentir tus labios? para oír tus suaves palabras dirigidas a mí? Así es como te amé, te lo puedo decir ahora, ahora que todo ha terminado. Y creo que si me llamaras desde mi lecho de muerte, me vendrían las fuerzas para poder levantarme e ir a ti.

Había un coche delante de la entrada y fuimos a su apartamento. Volví a oír tu voz, te sentí tiernamente cerca de mí y quedé tan encantado, tan infantilmente encantado como antes. Cómo subí esas escaleras por primera vez en más de diez años, no, no, simplemente no puedo describirte cómo sentí que todo se duplicó en esos segundos, en el pasado y en el presente, y cómo solo era consciente de ti. Su habitación era un poco diferente: había algunos cuadros más, y más libros, aquí y allá diferentes muebles, pero todo me parecía familiar. Y sobre el escritorio estaba el jarrón con las rosas, con mis rosas, las que te había enviado el día anterior en tu cumpleaños en memoria de alguien a quien no podías recordar, a quien nunca habías reconocido, la misma persona que ahora estaba a tu lado, mano a mano y labio con labio. Pero, a pesar de todo, me alegré de que te hubieras ocupado de ellos: había así una pizca de mí allí, una brizna de mi amor por ti.

Me tomaste en tus brazos. Una vez más, me quedé contigo durante toda una noche magnífica. Pero tampoco me reconociste en la desnudez. Bienaventuradamente sufrí tu ternura cómplice y vi que tu pasión no hacía diferencia entre un amante y una mujer comprada, que entregabas a tu deseo con la misma plenitud irreflexiva y derrochadora de tu ser. Fuiste tan tierno y gentil conmigo, a quien habías recogido en un club nocturno, tan distinguido y tan espléndidamente atento y al mismo tiempo tan apasionado en disfrutar de tu placer con la mujer; De nuevo, abrumado por la antigua felicidad, sentí esa dualidad única de tu naturaleza: la pasión lúcida y cerebral en paralelo con la sensual que ya había cautivado al niño. Nunca he conocido tanta ternura en un hombre en el abandono de ese momento, tal efusión y revelación de la personalidad más íntima, para recaer después en un olvido tan insondable, casi inhumano. Pero también me olvidé de mí mismo: ¿quién era yo allí en la oscuridad a tu lado? ¿Era yo la ávida niña del pasado, era la madre de tu hijo, era una extraña? Todo era tan íntimo, todo se experimentaba tan intensamente, y todo volvía a pasar tan rápido en esa noche apasionada. Y recé para que nunca llegara a su fin.

Pero llegó la mañana; Nos levantamos tarde y me invitaste a quedarme a desayunar contigo. Tomamos el té juntos, que un sirviente invisible había colocado discretamente en el comedor, y charlamos. Volviste a hablarme con esa familiaridad tuya completamente abierta y sincera y de nuevo sin ninguna pregunta indiscreta, sin ninguna curiosidad sobre qué tipo de persona era yo. No me preguntaste mi nombre, ni dónde vivía: yo era para ti una aventura más, una persona sin nombre, un momento apasionado que se disolvía sin dejar rastro en la bruma de tu olvido. Me dijiste que tenías que hacer un viaje largo, al norte de África durante dos o tres meses; Temblaba en medio de mi felicidad, porque ya martilleaba en mis oídos: ¡ido, ido y olvidado! Me hubiera gustado tirarme de rodillas gritando : "¡Llévame contigo, para que finalmente puedas conocerme, finalmente, después de todos estos años!" Pero yo era tan tímido, tan cobarde, tan servil, tan débil frente a ti. Solo pude decir: "Qué vergüenza". Me respondiste con una sonrisa: "¿De verdad lo sientes?"

Entonces me invadió una furia repentina. Me puse de pie y te miré, fijamente y durante mucho tiempo. Entonces dije: "El hombre que amo también siempre se va". Te miré, en el fondo de tus ojos. "¡Ahora, ahora me reconocerá!", tembló el pensamiento, dominando todo mi ser. Pero tú me miraste con una sonrisa y dijiste consoladoramente: "Uno siempre vuelve". "Sí", respondí, "uno vuelve, pero luego se olvida".

Debe haber habido algo especial, algo apasionado en la forma en que lo dije. Porque entonces te levantaste y me miraste, sorprendido y lleno de buena voluntad. Me tomaste por el hombro: "Lo bueno, no lo olvides, es que no te olvidaré", dijiste, hundiendo tus ojos en los míos, como si quisieran registrar mi imagen. Y al sentir que esta mirada penetraba profundamente en mí, buscándome, investigando, absorbiéndome con todo, entonces pensé que por fin, por fin, el hechizo de la ceguera se había roto. ¡Él me reconocerá, me reconocerá! Toda mi alma fue sacudida por ese pensamiento.

Pero no me reconociste. No, no me reconociste, nunca fui más extraño para ti que en ese segundo, de lo contrario, nunca podrías haber hecho lo que hiciste unos minutos después. Me habías besado, me habías besado apasionadamente una vez más. Tuve que rehacerme el pelo que había quedado desordenado, y mientras estaba de pie frente al espejo vi allí -y pensé que me iba a derrumbar de vergüenza y horror- que usted estaba metiendo discretamente unos billetes grandes en mi bolso. ¿Cómo pude no gritar en voz alta, no golpearte en la cara en ese segundo: yo, que te había amado desde mi infancia, la madre de tu hijo, me estabas pagando esa noche? Yo era una puta de la discoteca para ti, nada más... ¡pagado, me habías pagado! No bastaba con haberme olvidado de mí, también había que ser degradado.

Cogí mis cosas. Quería irme lo más rápido posible. Estaba demasiado herido. Cogí mi sombrero, que estaba sobre el escritorio, junto al jarrón con las rosas blancas, mis rosas. Entonces se apoderó de mí, poderosamente, irresistiblemente, una vez más quise ver si podías recordarme. —¿Podrías regalarme una de tus rosas blancas? "Ciertamente", respondiste y sacaste uno de inmediato. —¿Pero tal vez te los ha dado una mujer, una mujer que te ama? He dicho. "Quizás", dijiste, "no lo sé. Me los dieron, pero no sé por quién; y los quiero mucho". Lo miré. —¡Quizá te las haya regalado una mujer a la que has olvidado!

Parpadeaste con asombro. Te miré fijamente. —¡Reconóceme, por fin reconóceme! —exclamó mi mirada—. Pero tus ojos sonrieron amistosamente y sin saberlo. Me besaste una vez más. Pero no me reconociste.

Me dirigí rápidamente a la puerta, porque sentía que las lágrimas asomaban a mis ojos y no quería que las vieras. En el vestíbulo —tan rápidamente salí corriendo— me encontré con Johann, tu criado. Saltó tímida y bruscamente hacia un lado, abrió la puerta del apartamento para dejarme salir, y allí... en esa, ¿oyes? en ese segundo que miré a ese anciano con lágrimas en los ojos, una luz de repente brilló en sus ojos. En ese segundo, ¿escuchas ? En ese segundo me había reconocido el viejo, ¡él que no me había visto desde mi infancia! Podría haberme arrodillado ante él para recibir este reconocimiento y besar sus manos en señal de gratitud. Así que arranqué de mi bolso los billetes que me habías infligido y se los eché encima. Vaciló, me miró bastante sorprendido, en ese segundo tal vez había adivinado más sobre mí que tú en toda tu vida. Todos, todos me han mimado, todos han sido buenos conmigo, solo tú, solo tú me has olvidado; ¡Solo tú, solo que nunca me has reconocido!

*

Mi hijo ha muerto, nuestro hijo, ahora no me queda nadie en el mundo en quien pueda seguir amándolo, excepto a ti. Pero, ¿quién eres tú para mí, tú que nunca, nunca me reconociste, que pasas a mi lado como si pasaras por un tramo de agua, que me pisas como una piedra, que siempre sigues tu camino y me dejas eternamente esperando? Antes, pensé que podía aferrarme a ti, tú que eres tan evasivo, en el otro tú, el niño. Pero era tu hijo: durante la noche me ha dejado cruelmente, se ha ido, me ha olvidado y nunca volverá. Estoy solo de nuevo, más solo que nunca, no tengo nada, nada de ti, ya no tengo ningún niño, no hay una palabra, ni una línea, no un pensamiento, y si alguien mencionara mi nombre frente a ti, sería completamente extraño para ti. ¿Por qué no he de morir, si estoy muerto por ti, por qué no te vas, ya que tú te has apartado de mí? No, amado, no me quejo de ti, no quiero arrojar mi miseria en tu feliz hogar. No te preocupes de que te molestaré aún más, discúlpame, tengo que llorar con mi alma ahora que mi hijo yace allí muerto y abandonado. Precisamente esta vez tuve que hablarte, y luego volveré a la oscuridad, mudo, como siempre he estado mudo a tu lado. Pero no escucharás ese grito, mientras yo viva, solo cuando muera recibirás este legado de mí, de alguien que te amó más que a nadie y a quien nunca has reconocido, de alguien que siempre te esperó y a quien nunca has llamado. Quizás, quizá me llaméis entonces, y os seré infiel por primera vez, en mi muerte no os oiré más; No te dejo ninguna foto mía ni recuerdo, como no me has dejado ninguno: nunca me reconocerías, nunca. Ese fue mi destino en la vida, como lo es en mi muerte. No te llamaré en mi última hora, me iré sin que conozcas mi nombre y mi rostro. Es fácil para mí morir, porque no lo sientes donde estás. Si sufriste al saber que me estaba muriendo, entonces no podía morir.

No puedo escribir más... mi cabeza se siente tan aburrida. . . Tengo dolores en el cuerpo, tengo fiebre... Creo que debo acostarme ahora mismo. Tal vez se acabe pronto, tal vez el destino sea bueno conmigo por una vez, y no tenga que ver cómo me quitan al niño... Ya no puedo escribir. Adiós, amados, adiós, les agradezco... Era bueno, tal como era, a pesar de todo... Te lo agradeceré hasta mi último aliento. Estoy contento: te lo he contado todo, ahora lo sabes, no, sólo intuyes vagamente cuánto te he amado, y ese amor no ha sido una carga para ti. No te voy a fallar, eso me consuela. Nada será diferente en tu hermosa y hermosa vida. . . Mi muerte no te hace daño. . . que me consuela, mi amado.

Pero, ¿quién . . . ¿Quién te seguirá enviando rosas blancas en tu cumpleaños? El jarrón estará vacío, ese pequeño aliento, el pequeño aroma de mi vida que te envié una vez al año, ¡eso también se desvanecerá! Amados míos, escucha, te lo ruego... Esta es mi primera y última petición para ti. . . Hazlo por mí, en ese cumpleaños -es un día en el que uno piensa en sí mismo-, lleva rosas allí y ponlas en el jarrón. Hazlo, amado mío, hazlo así, como otros una vez al año dejan que se lea una misa por alguien a quien han amado y que ya no está. Sin embargo, ya no creo en Dios y no quiero una misa, solo creo en ti, solo te amo y solo quiero seguir viviendo en ti... ah, solo un día al año, bastante, con bastante calma, la forma en que vivía a tu lado. . . Te ruego que lo hagas, amado mío... Esa es mi primera petición para ti y la última. . . Les doy las gracias. . . Te quiero, te quiero... adiós...

*

Dejó la carta con manos temblorosas. Luego lo pensó durante mucho tiempo. Confusamente, surgieron vagos recuerdos sobre el hijo de un vecino, sobre una niña, sobre una mujer en un club nocturno, pero un recuerdo confuso y confuso, como una piedra que brilla y tiembla informe bajo el agua que fluye. Las sombras fluían aquí y allá, pero no había una imagen clara. Sentía recuerdos de sensaciones y todavía no podía recordar. Era como si todas esas formas hubieran sido soñadas, a menudo y profundamente soñadas, pero sólo soñadas. Entonces su mirada se posó en el jarrón azul que tenía delante en su escritorio. Estaba vacío, por primera vez en años el día de su cumpleaños. Se encogió hacia atrás: era como si de repente una puerta se hubiera abierto de un resorte en alguna parte y un frío cargado de otro mundo hubiera entrado en su tranquila morada. Sintió una muerte y sintió un amor imperecedero: algo floreció en el fondo de su alma y recordó al ser invisible y apasionado como se recuerda la música de antaño.

9 789361 900273

Printed at Repro India Ltd.